COLLECTION POÉSIE

HENRI MICHAUX

Épreuves, exorcismes

1940-1944

nrf

GALLIMARD

Préface

Il serait bien extraordinaire que des milliers d'événements qui surviennent chaque année résultât une harmonie parfaite. Il y en a toujours qui ne passent pas, et qu'on garde en soi, blessants.

Une des choses à faire : l'exorcisme.

Toute situation est dépendance et centaines de dépendances. Il serait inouï qu'il en résultât une satisfaction sans ombre ou qu'un homme pût, si actif fût-il, les combattre toutes efficacement, dans la réalité.

Une des choses à faire : l'exorcisme.

L'exorcisme, réaction en force, en attaque de bélier, est le véritable poème du prisonnier.

Dans le lieu même de la souffrance et de l'idée fixe, on introduit une exaltation telle, une si magnifique violence, unies au martèlement des mots, que le mal progressivement dissous est remplacé par une boule aérienne et démoniaque — état merveilleux!

Nombre de poèmes contemporains, poèmes de délivrance, ont aussi un effet de l'exorcisme, mais d'un exorcisme par ruse. Par ruse de la nature subconsciente qui se défend au moyen d'une élaboration imaginative appropriée : les rêves. Par ruse concertée ou tâtonnante, cherchant son point d'application optimus : les rêves éveillés.

Pas seulement les rêves mais une infinité de pensées sont « pour en sortir », et même des systèmes de philosophie furent surtout exorcisants qui se croyaient tout autre chose.

Effet libérateur pareil, mais nature parfaitement différente.

Rien là de cet élan en flèche, fougueux et comme supra-humain de l'exorcisme. Rien de cette sorte de tourelle de bombardement qui se forme à ces moments où l'objet à refouler, rendu comme électriquement présent, est magiquement combattu.

Cette montée verticale et explosive est un des grands moments de l'existence. On ne saurait assez en conseiller l'exercice à ceux qui vivent malgré eux en dépendance malheureuse. Mais la mise en marche du moteur est difficile, le presque-désespoir seul y arrive.

Pour qui l'a compris, les poèmes du début de ce livre ne sont point précisément faits en haine de ceci, ou de cela, mais pour se délivrer d'emprises.

La plupart des textes qui suivent sont en quelque sorte des exorcismes par ruse. Leur raison d'être : tenir en échec les puissances environnantes du monde hostile.

H. M.

IMMENSE VOIX

Immense voix
qui boit
qui boit

Immenses voix qui boivent
qui boivent
qui boivent

Je ris, je ris tout seul dans une autre
dans une autre
dans une autre barbe

Je ris, j'ai le canon qui rit
le corps canonné
je, j'ai, je suis

ailleurs!
ailleurs!
ailleurs!

Une brèche, qu'est-ce que ça fait?

un rat, qu'est-ce que ça fait?
une araignée?

Étant mauvais cultivateur je perdis mon père
non, n'apportez pas de lumière
donc je le perdis

Le commandement s'éteignit
plus de voix. Plus étouffée du moins
Après vingt ans, à nouveau, qu'est-ce que
j'entends?

Immense voix qui boit nos voix
immense père reconstruit géant
par le soin, par l'incurie des événements

Immense Toit qui couvre nos bois
nos joies
qui couvre chats et rats

Immense croix qui maudit nos radeaux
qui défait nos esprits
qui prépare nos tombeaux

Immense voix pour rien
pour le linceul
pour s'écrouler nos colonnes

Immense « doit » « devoir »

devoir devoir devoir
Immense impérieux empois.

Avec une grandeur feinte
immense affaire
qui nous gèle

Étions-nous nés pour la gangue?
Étions-nous nés, doigts cassés, pour donner
toute une vie à un mauvais problème

à je ne sais quoi pour je ne sais qui
à un je ne sais qui pour un je ne sais quoi
toujours vers plus de froid?

Suffit! Ici on ne chante pas
Tu n'auras pas ma voix, grande voix
Tu n'auras pas ma voix, grande voix

Tu t'en passeras grande voix
Toi aussi tu passeras
Tu passeras, grande voix.

LAZARE, TU DORS ?

Guerre de nerfs
de Terre
de rang
de race
de ruines
de fer
de laquais
de cocardes
de vent
de vent
de vent
de traces d'air, de mer, de faux
de frontières, de misères qui s'emmêlent
qui nous emmêlent
sous le cric, sous le mépris
sous hier, sous les débris de la statue tombée
sous d'immenses panneaux de « veto »
prisonniers dans le fumier
sous demain reins cassés
sous demain
cependant millions et millions d'hommes

s'en vont entrant en mort
sans même un cri à eux
millions et millions
le thermomètre gèle comme une jambe
mais une voix d'une stridence extrême...
et millions et millions commandés du Nord
au Sud
s'en vont entrant en mort

Lazare, tu dors? dis?

Ils meurent, Lazare
Ils meurent
et pas de linceul
pas de Marthe ni de Marie
souvent même plus le cadavre
Comme un fou, qui pèle une huître, rit
je crie
je crie
je crie stupide vers toi
si quelque chose tu as appris
à ton tour, maintenant
à ton tour, Lazare!

ANNÉE MAUDITE

Année
année maudite
année collée
année-nausée
année qui en est quatre
qui en est cinq
année qui sera bientôt toute notre vie

Buveuse
taraudeuse
ornée de bernés
Année, la narine au vent
mais rien ne vient
Souffrance
sur ta coque vide!

Anxiété
sur ta coque vide!

Famine
sur ta coque vide!

Année, année, année
que nous ânonnons sans fin
compagnons de la cendre
des débris calcinés
poursuivis de plis
poursuivis de plaies

A quand ton vin?

Singeuse de grandeur
mal balancée
balancée de ci de là
d'ici à là...
Et s'échappera-t-on jamais de toi?

ÉPERVIER DE TA FAIBLESSE, DOMINE !

L'être qui inspire m'a dit :
Je suis celui qui tremble.
Je suis celui qui rompt,
Qui glisse, qui rampe.
Je suis celui qui rend.
L'être qui transporte m'a dit :
Je suis celui qui cesse,
Celui qui ôte, celui qui lâche.
Eh bien! et toi?
Et toi pareil, pourquoi te méconnais-tu?

Je m'assieds en juge,
Je m'accroupis en vache,
Je pénètre en père,
J'enfante en mère.
Et toi, qu'attends-tu?

Ton égout traverse la Royale Demeure.
Six mille lames de mots tu as en ta bouche.
Faible, dis-tu.
Qui est faible, traversant les quatre mondes?

Je suis l'oiseau. Tu es l'oiseau.
Je suis la flèche empennée des plumes de l'oiseau.
Je vole. Tu voles.
Je vogue. Tu vogues.
Nous voguons entre les mâchoires du ciel et de la Terre.
Je romps
Je plie
Je coule
Je m'appuie sur les coups que l'on me porte
Je gratte
J'obstrue
J'obnubile
Je fais rétrograder la marche des vivants
Et toi, qui en misère as abondance
Et toi,
Par ta soif, du moins, tu es soleil,
Épervier de ta faiblesse, domine!
Regarde :

Je fais tournoyer la femme
Je lynche le vieillard
J'enivre la racine
Je galope dans le troupeau de girafes
Je suis le guerrier parachuté
Je suis l'oreille quand il y a du bruit
Je trompe, je traverse
Je n'ai pas de nom
Mon nom est de gaspiller les noms

Je suis le vent dans le vent.

Je suis celui qui enfanta les dieux
Dans mon bassin ils ont été créés
De mon bassin ils ont été chassés.

Je ruine
Je démets
Je disloque
M'écoutant, le fils arrache les testicules du Père
Je dégrade
Je renverse
Je renverse
La tête dans ses tarots mes chiens dévorent la cartomancienne.

LES ÉQUILIBRES SINGULIERS

Pendant que j'étais hors des langes reposants de la santé, je vis comme les hommes erraient et les mondes qui erraient dans les hommes.

C'était à se demander ce qu'ils étaient en vérité. Mais quelque chose me disait : « C'en est. Ce sont bien des hommes. Sinon seraient-ils si embarrassés... et en même temps si sûrs? »

Je vis un escalier équilibrant un ruisseau. Étonnant! Et pourtant je savais que c'était un homme, et même à n'en pas douter une femme.

Je vis un balcon qui équilibrait un moulin, un moulin au bout d'une gaule. Ah! Ah! Puis je vis une grotte qui était en balance avec des jets de pierre. Comment des jets de pierre peuvent-ils faire équilibre à une grotte? Pourtant cela était.

Je vis des visages : coutures et grimaces portées par deux ou trois stylets. Ces stylets s'enfonçaient dans les années et maintenaient et guidaient l'homme.

Ici une croix équilibrait un puits. Là une aile.

Une cendre légère tenait tranquillement en équilibre une maison entière.

Un château vacille. Un papier lui fait pendant et l'empêche de tomber, ou c'est une plume, une boîte, ou les seins bien formés d'une poitrine blanche.

A une cascade se retient un jeune homme. « Oh symétrie! Symétrie! me disais-je, te voici en ce couple vraiment appliquée » et j'errais intéressé dans ce monde singulier, oubliant les tenailles de mon mal tenace.

LES CRAQUEMENTS

A l'expiration de mon enfance, je m'enlisai dans un marais. Des aboiements éclataient partout. « Tu ne les entendrais pas si bien si tu n'étais toi-même prêt à aboyer. Aboie donc. » Mais je ne pus.

Des années passèrent, après lesquelles j'aboutis à une terre plus ferme. Des craquements s'y firent entendre, partout des craquements, et j'eusse voulu craquer moi aussi, mais ce n'est pas le bruit de la chair.

Je ne puis quand même pas sangloter, pensais-je, moi qui suis devenu presque un homme.

Ces craquements durèrent vingt ans et de tout partait craquement. Les aboiements aussi s'entendaient de plus en plus furieux. Alors je me mis à rire, car je n'avais plus d'espoir et tous les aboiements étaient dans mon rire et aussi beaucoup de craquements. Ainsi, quoique désespéré, j'étais également satisfait.

Mais les aboiements ne cessaient, ni non plus les craquements et il ne fallait pas que mon rire s'interrompît, quoiqu'il fît mal souvent, à cause qu'il fallait y mettre trop de choses pour qu'il satisfît vraiment.

Ainsi, les années s'écoulaient en ce siècle mauvais. Elles s'écoulent encore...

LES MASQUES DU VIDE

Souvent m'apparaissent, dans le retrait de moi-même, les masques du vide. Les masques que prend le vide ne sont pas pleins. Ce ne lui est pas nécessaire.

Quelques traits infimes veillent à le masquer; y suffisent. Assurément, il est là, on l'oublierait presque... ...Ces masques vont ordinairement par deux et s'impriment, frêles mais durs, dans le disque achevé de l'univers.

On pourrait croire à des gestes, à l'algèbre de gestes arrêtés dans un cataclysme pompéien. Mais aucune trace de cataclysme. Au contraire une étrange immobilité, et partout dans le Spectre même de la puissance, la succion effroyable du Vide.

Il y a aussi les déserts du matin, jonchés d'animaux morts...

LA PAIX DES SABRES

Sur le trajet d'une interminable vie de cahots et de coups, je rencontrai une grande paix. Après des traverses et des revers, et encore en pleine défaite, je la rencontrai et plutôt elle était trop grande que pas assez.

Même une feuille dans une atmosphère parfaitement calme de fin d'après-midi bougeait à l'excès pour moi.

Le roc lui-même n'était pas solide à suffisance.

Par les passages sur lui de la lumière et de l'ombre, fâcheusement il se relâchait de la dureté intransigeante dont je caparaçonnais la nature entière.

Immobilité! Immobilité! Immobilité! Tel était mon seul commandement. Les vivants ne trouvaient pas grâce. Loin de là. C'étaient eux que je me sentais le plus impérieux besoin de fixer à jamais imperturbés.

Les lardant de sabres, de cimeterres, de rapières, je ne m'arrêtais pas avant que, inflexibles, tout en lames, ils ne s'arrêtassent eux-mêmes.

Toute faiblesse résorbée, farouches, indiciblement farouches, ils entraient enfin dans une éternité qui ne pouvait plus rien contre eux.

TERRASSE

Il avait la force du lion, quand il fut pris des faiblesses de l'enfance. Elles le saisirent et grand et fort elles le bercèrent comme s'il n'avait pas d'âge.

Ainsi s'accomplissait ce qui a été dit : « Tu t'élèves pour fléchir. Tu avances pour tomber. »

Où cela advint, là s'arrêta son chemin. Et toutes les plaintes passèrent en son sein : les plaintes de l'un, les plaintes de l'autre, et les souffles du désir qui sont devenus des plaintes.

Mais après avoir chanté tant de plaintes, il n'avait pas encore exhalé la sienne, celle qui n'était qu'à lui.

Peut-être ne la trouvait-il pas, ou la cherchait-il plus loin, ou trop haut.

Terrasse ardente. Terrasse vaine. Au bout de l'homme, au pied de l'escalier, au plus dénué de la plus reculée solitude. Il aboutit là, celui qui avait tant chanté.

Et comme il y parvenait, il fut secoué d'une poigne solide et un voile de faiblesse, passant en son être, effaça de sa vue Ce qu'il est interdit à l'homme de contempler.

LES HOMMES EN FIL

Au bout d'une longue maladie, au bout d'une profonde anémie, je rencontrai les hommes en fil.

Je les aurais chassés, mais moi-même plus faible qu'un souffle... et ils me traversèrent, car j'étais toujours de ma taille et eux fort petits, m'infligeant un malaise extrême. Parfois simplement, ils se tenaient devant moi, mais ma gêne n'en était pas dissipée, car je savais qu'ils devaient à nouveau me traverser bientôt, indifférents à la matière de mon corps, comme un banc de sardines franchit sans se presser les mers du Nord.

Ils passaient roides le plus souvent comme sous une excessive tension.

Qu'ils fissent dégât en moi, je ne le jurerais pas. Mais leur empreinte quoique vague avait un caractère atroce.

Quant à s'y accoutumer, qui apprenant que sa dent est poreuse mâcherait encore avec confiance? Et c'était tout le corps, non une dent.

Parfois un noyautement intérieur se produisait et je me disais : « Ah, venez maintenant, venez donc. Voyons si vous passerez... et comme je vous romprai, si vous faites tant que de forcer le passage. »

Sur ces entrefaites, ils se dissipaient à la vue. Mais les minutes de force bientôt écoulées avec la caféine, je me retrouvais creusé d'espaces vides et ouvert abominablement de toutes parts à ces petits hommes en fil toujours prêts à passer. C'était sans difficulté pour eux et ils le faisaient sans me prêter attention.

Cependant, un grand sommeil m'ensevelit après lequel la santé dont je recouvrai des semblants me permit, après une longue retraite, de recevoir quelques visiteurs. Je les vis avec surprise.

Comme la tête sur mon oreiller, je les considérais en silence, figés dans une expression de bienveillance obligée, je constatai qu'ils avaient eux aussi quelques hommes en fil (d'ailleurs plus mous et flexueux) et les échangeaient parfois sans même y prendre garde.

Pour moi, si faible que je fusse, personne n'eût pu prendre mes petits hommes, ni en échanger quelques-uns contre d'autres.

Peut-être y aurait-il eu avantage à l'échange, pour ma santé, pour ma distraction (selon ce que je voyais faire aux autres qui en paraissaient joyeux). Mais il se trouva que je demeurai avec les miens et qu'ils ne purent s'éloigner ni trouver compagnons ou substituts.

Tel était mon état, et ce n'était pas le bonheur : j'étais dans mon corps comme dans un grand couvent.

Cependant les années passèrent, ma santé revint, puis encore des années passèrent, puis une guerre, puis une famine, à nouveau j'étais accablé, mes petits hommes, tout minuscules cette fois et aux contours mous, n'importe qui pouvait à présent les remuer, et certains pouvaient même me les ravir, ce qu'ils faisaient avec l'insolence de leur force.

A cela je connaissais que mon désespoir était profond. Non pas la mort me retenait de me tuer, mais ma défaillance à me déterminer.

Cependant s'écoulèrent encore beaucoup d'années, la guerre finit, la mémoire et les forces revinrent, alors je vis que je m'étais laissé aller à faire une nombreuse famille de cinq enfants et que je n'avais plus le moindre coin à moi où je pusse me mettre avec mes petits hommes en fil.

Ainsi disparurent ceux auxquels je m'étais cru attaché à jamais.

ALPHABET

Tandis que j'étais dans le froid des approches de la mort, je regardai comme pour la dernière fois les êtres, profondément.

Au contact mortel de ce regard de glace, tout ce qui n'était pas essentiel disparut.

Cependant je les fouaillais, voulant retenir d'eux quelque chose que même le Mort ne pût desserrer.

Ils s'amenuisèrent et se trouvèrent enfin réduits à une sorte d'alphabet, mais à un alphabet qui eût pu servir dans l'autre monde, *dans n'importe quel monde*.

Par là, je me soulageai de la peur qu'on ne m'arrachât tout entier l'univers où j'avais vécu.

Raffermi par cette prise, je le contemplais invaincu, quand le sang avec la satisfaction, revenant dans mes artérioles et mes veines, lentement je regrimpai le versant ouvert de la vie.

DANS MON CAMP

Dans un camp à moi, je tiens prisonniers des nobles. Pourquoi? En otages. Pourquoi en otages? Parce que.

Ils ne me servent et je ne leur sers. N'importe, je ne les laisse pas partir.

Qui sait... ce qu'on me réclamera un jour que je ne pourrai fournir et à la place de quoi on sera heureux peut-être de recevoir des nobles, et moi soulagé, oui intensément soulagé et débarrassé de ces aristocrates qui me sont une charge si paralysante, mais grâce à qui je pourrai enfin m'acquitter des dettes toujours grossissantes que je contracte sans jamais un répit et d'ailleurs en grande partie à cause d'eux.

VOIX

J'entendis une voix en ces jours de malheur et j'entendis : « Je les réduirai ces hommes, « je les réduirai et déjà ils sont réduits quoi- « qu'ils n'en sachent encore rien. Je les rédui- « rai à si peu de chose qu'il n'y aura pas « moyen de distinguer qui est homme de qui « est femme, et déjà ils ne sont plus ce qu'ils « étaient autrefois, mais comme leurs organes « savent encore s'interpénétrer, ils se croient « toujours différents, l'un ceci, l'autre cela. « Mais si fort je les ferai souffrir qu'il n'y aura « plus organe qui compte. Je ne leur laisserai « que le squelette, un simple trait de leur sque- « lette pour y attacher leur malheur. Assez « couru! Qu'ont-ils encore besoin de jambes? « Petits, leurs déplacements, petits! Et ce sera « tant mieux. Comme une statue dans un « parc, quoi qu'il arrive, n'a plus qu'un geste, « ainsi les pétrifierai-je; mais plus petits, plus « petits. »

Cette voix, je l'entendis et j'avais le frisson, mais pas tellement, car je l'admirais, pour sa sombre détermination et son projet vaste quoique apparemment insensé. Cette voix n'était qu'une voix dans cent autres, remplissant le haut et le bas de l'atmosphère et l'Est et l'Ouest, et toutes étaient agressives, mauvaises, haineuses, et promettaient à l'homme un funèbre avenir.

Mais l'homme, affolé ici, là du plus grand sang-froid, avait des réflexes et des calculs au cas qu'il se présentât un coup dur, et il était prêt quoiqu'il eût paru en général plutôt vain et traqué.

Celui qu'un caillou fait trébucher marchait déjà depuis deux cent mille ans quand j'entendis les voix de haine et de menaces, qui prétendaient lui faire peur.

CEUX QUI SONT VENUS A MOI

Ceux qui sont venus à moi, je ne dis pas qu'ils sont à moi, mais pourtant... et qu'il les réclame donc celui qui les croit à lui.

Ils sont venus vers moi, confiants dans ma passivité, abandonnant des membres qui ne leur étaient pas nécessaires. Bras coupés, torse nu, ou dodelinant en arrière une tête de rameaux morts; ou capelant trois ou quatre cimiers de plume sur un front altier, ou le front évanescent, flottant comme une écharpe; donateurs aux membres toujours ouverts, naïfs, la tête en fleur, les regards en calice, sans toutefois vouloir se faire remarquer, telles dans les champs les fleurs aux mille compagnes.

Ils sont venus et plus souvent que tout autre, il est venu, l'unique, le Roi au cerveau-œil, à la plume bifide, Roi pour connaître le clayonnage des humaines affaires. Roi pacifique au ventre de fontaine. Roi aux palmes.

Cherchant un compagnon, je trouvai un roi. Fixes et fixés, lui et moi, son regard phare dans le globe de ma vie.

Et toi qui viens là, qui es-tu, ton œil comme une tête passée par la fenêtre? Tu épies, retenant tes sentiments et ton souffle et ta main qui parleraient trop et ton œil est comme quand un bœuf passe ses cornes entre les fils barbelés gardiens du pâturage voisin. Quel tropisme soudain te tourne vers ton prochain? Pour le chercher? Ou l'ayant trouvé? Ou par l'erreur inévitable?

Maigres, impropres à la vie, creusés par la recherche, hommes de nulle part, c'est vous qui êtes mes hommes.

Princelets aigus et fiers dardant leur indépendance... Princes de Haut mal... Prince, car c'est toujours le Prince... Le prince — juge à l'œil unique (le prince à la lance n'est pas venu, mais on l'attend). Le Prince-juge à l'œil unique, et l'éclair éclate dans sa main et l'éclair le chapeaute.

Parfois une fontaine de sang jaillit de son front. Ou est-ce la violence de son enfer?

Prince foudroyant, en visite due, et malgré railleries à travers les éclairs est venu dans l'air froid d'une petite chambre, qui n'est même pas à moi. Ses doigts, vive lumière, avancent, comme pousse la dynamite quand subitement elle éclate dans les fissures d'une roche qu'elle fouille frénétiquement. Prince essentiel réduit à sa flèche. Prince auguste et criblé d'un vibrant tremblement. Prince du mariage de la flamme et de l'homme.

J'AI VU

J'ai vu l'homme à la tête diverse.

A la tête semblable au râteau, il ramasse. A la tête semblable aux racines, il pompe. A la tête semblable à un tonneau, il est penché. J'ai vu l'homme à la grenouille chaude, cherchant assouvissement, et son admirable mécanisme déclencheur qui savait le lui obtenir lui faisant prononcer alors des mots doux, d'ailleurs beaucoup trop doux.

J'ai vu l'homme semblable à une horloge qui parlait à un homme semblable à une dague. Quelle rencontre! Mais elle n'était pas hors de l'ordinaire.

J'ai vu l'homme à la tête semblable à une balance, l'homme fait de moignons et de réservoirs autonomes, ou comme un cintre, l'homme aux seules épaules.

J'ai vu l'homme à la tête pétillante, et voulant m'en approcher, je n'ai pas pu. La vérité : Je n'aurais pas voulu avoir à le nourrir, seulement le connaître et plutôt de profil et d'une certaine distance à ne pas laisser combler inconsidérément, comme on observe un tigre, sans l'adopter.

J'ai vu les hommes en arc, têtes et corps enflés au vent de la vie. J'ai vu l'homme pyramidal, l'homme requin, l'homme attaqué par sa propre hache, faisant un avec deux, mille avec trois... ou un jugement. J'ai vu l'homme tumultueux, mais j'ai vu sa race gravissant avec sang-froid et patience le haut plateau.

Tandis qu'elle perdait les siens, des spermatozoïdes toujours jeunets en remettaient d'autres au berceau, qui reprendraient toute chose au point voulu. Et elle les regardait et me regardait et nous regardait tous passer silencieusement.

DANS LA GRANDE SALLE

C'est dans une grande salle, et pourtant comme jetée aux quatre vents.

Les grands hurlements du Monde, on veille à ce qu'ils y entrent, mais pas trop, pas entiers.

Cependant, à l'intérieur les esclaves délibèrent qu'on appelle maîtres.

Dehors la foule libre s'esclaffe de gaieté, de moqueries ou bien elle crie sa fureur.

Cependant, à l'intérieur les esclaves délibèrent qu'on appelle maîtres.

Dans la salle, tout en délibérant, l'un d'eux capte un mot venu du dehors, une exclamation, la fin d'une phrase, un écho incertain arrivé entre les mille vagues du hasard.

Alors inquiets, flottants, pliés, les informes de l'intérieur redélibèrent précipitamment, et la situation incessamment renouvelée par les mots intempestifs ne reçoit pas sa solution.

*

Les fantômes du jour ne sont pas comme les fantômes de la nuit.

Contenus entre les lisières d'un fil infime, ils errent inaperçus et un vide plus grave que le vide, un vide comme le vide du cœur les habite. Ainsi, on peut les savoir là.

Du moins certains le peuvent, qui, creusés de réflexions sans résultat, n'ont pas réussi à suivre le tracé que le destin leur avait enjoint.

Ils les sentent, ils les reconnaissent.

De les accueillir, ce serait trop. Que pourraient-ils, les malheureux? Ils s'épouvantent les uns les autres.

ECCE HOMO

A Madame Mayrisch Saint-Hubert.

Qu'as-tu fait de ta vie, pitance de roi?

J'ai vu l'homme.

Je n'ai pas vu l'homme comme la mouette, vague au ventre, qui file rapide sur la mer indéfinie.

J'ai vu l'homme à la torche faible, ployé et qui cherchait. Il avait le sérieux de la puce qui saute, mais son saut était rare et réglementé.

Sa cathédrale avait la flèche molle. Il était préoccupé.

Je n'ai pas entendu l'homme, les yeux humides de piété, dire au serpent qui le pique mortellement : « Puisses-tu renaître homme et lire les Védas! » Mais j'ai entendu l'homme comme un char lourd sur sa lancée écrasant mourants et morts, et il ne se retournait pas.

Son nez était relevé comme la proue des embarcations Vikings, mais il ne regardait pas le ciel, demeure des dieux; il regardait le ciel suspect, d'où pouvaient sortir à tout

Je n'ai pas entendu le chant de l'homme, le chant de la contemplation des mondes, le chant de la sphère, le chant de l'immensité, le chant de l'éternelle attente.

Mais j'ai entendu son chant comme une dérision, comme un spasme. J'ai entendu sa voix comme un commandement, semblable à celle du tigre, lequel se charge en personne de son ravitaillement et s'y met tout entier.

J'ai vu les visages de l'homme. Je n'ai pas vu le visage de l'homme comme un mur blanc qui fait lever les ombres de la pensée, comme une boule de cristal qui délivre des passages de l'avenir, mais comme une image qui fait peur et inspire la méfiance.

J'ai vu la femme, couveuse d'épines, la femme monotone à l'ennui facile, avec la glande d'un organe honteux faisant la douceur de ses yeux. Les ornements dont elle se couvrait, qu'elle aimait tant, disaient « Moi. Moi. Moi ». C'était donc bien lui, lui, toujours l'homme, l'homme gonflé de soi, mais pourtant embarrassé et qui veut se parfaire et qui tâtonne, essayant de souder son clair et son obscur.

Avec de plus longs cheveux et des façons de liane, c'était toujours le même à la pente funeste, l'homme empiétant qui médite de peser sur votre destin.

J'ai vu l'époque, l'époque tumultueuse

et mauvaise travaillée par les hormones de la haine et des pulsions de la domination, l'époque destinée à devenir fameuse, à devenir l'Histoire, qui s'y chamarrerait de l'envers de nos misères, mais c'était toujours lui, ça tapait toujours sur le même clou. Des millions de son espèce vouée au malheur entraient en indignation au même moment et se sentaient avoir raison avec violence, prêts à soulever le monde, mais c'était pour le soulever sur les épaules brisées d'autres hommes.

La guerre! l'homme, toujours lui, l'homme à la tête de chiffres et de supputations sentant la voûte de sa vie d'adulte sans issue et qui veut se donner un peu d'air, qui veut donner un peu de jeu à ses mouvements étroits, et voulant se dégager, davantage se coince.

La Science, l'homme encore, c'était signé. La science aime les pigeons décérébrés, les machines nettes et tristes, nettes et tristes comme un thermocautère sectionnant un viscère cependant que le malade écrasé d'éther gît dans un fond lointain et indifférent.

Et c'étaient les philosophies de l'animal le moins philosophique du monde, des ies et des ismes ensevelissant de jeunes corps dans de vieilles draperies, mais quelque chose d'alerte aussi et c'était l'homme nouveau, l'homme insatisfait, à la pensée caféinée, infatigablement espérant qui tendait les bras. (Vers quoi les bras ne peuvent-ils se tendre?)

Et c'était la paix, la paix assurément, un jour, bientôt, la paix comme il y en eut déjà des millions, une paix d'hommes, une paix qui n'obturerait rien.

Voici que la paix s'avance semblable à un basset pleurétique et l'homme plancton, l'homme plus nombreux que jamais, l'homme un instant excédé, qui attend toujours et voudrait un peu de lumière...

LA LETTRE

Je vous écris d'un pays autrefois clair. Je vous écris du pays du manteau et de l'ombre. Nous vivons depuis des années, nous vivons sur la Tour du pavillon en berne. Oh! Été! Été empoisonné! Et depuis c'est toujours le même jour, le jour au souvenir incrusté...

Le poisson pêché pense à l'eau tant qu'il le peut. Tant qu'il le peut, n'est-ce pas naturel? Au sommet d'une pente de montagne, on reçoit un coup de pique. C'est ensuite toute une vie qui change. Un instant enfonce la porte du Temple.

Nous nous consultons. Nous ne savons plus. Nous n'en savons pas plus l'un que l'autre. Celui-ci est affolé. Celui-là confondu. Tous sont désemparés. Le calme n'est plus. La sagesse ne dure pas le temps d'une inspiration. Dites-moi. Qui ayant reçu trois flèches dans la joue se présentera d'un air dégagé?

La mort prit les uns. La prison, l'exil, la faim, la misère prirent les autres. De grands sabres de frisson nous ont traversés, l'abject et le sournois ensuite nous ont traversés.

Qui sur notre sol reçoit encore le baiser de la joie jusqu'au fond du cœur?

L'union du moi et du vin est un poème. L'union du moi et de la femme est un poème. L'union du ciel et de la terre est un poème. Mais le poème que nous avons entendu a paralysé notre entendement.

Notre chant dans la peine trop grande n'a pu être proféré. L'art à la trace de jade s'arrête. Les nuages passent, les nuages aux contours de roches, les nuages aux contours des pêches, et nous, pareils à des nuages nous passons, bourrés des vaines puissances de la douleur.

On n'aime plus le jour. Il hurle. On n'aime plus la nuit, hantée de soucis. Mille voix pour s'enfoncer. Nulle voix pour s'appuyer. Notre peau se fatigue de notre pâle visage.

L'événement est grand. La nuit aussi est grande, mais que peut-elle? Mille astres de la nuit n'éclairent pas un seul lit. Ceux qui savaient ne savent plus. Ils sautent avec le train, ils roulent avec la roue.

« Se garder soi dans le sien? » Vous n'y songez pas! La maison solitaire n'existe pas dans l'île aux perroquets. Dans la chute s'est montrée la scélératesse. Le pur n'est pas pur. Il montre son obstiné, son rancunier. Certains se manifestent dans les glapissements. D'autres se manifestent dans l'esquive. Mais la grandeur ne se manifeste pas.

L'ardeur en secret, l'adieu à la vérité, le silence de la dalle, le cri du poignardé, l'ensemble du repos glacé et des sentiments qui brûlent a été notre ensemble, et la route du chien perplexe notre route.

Nous ne nous sommes pas reconnus dans le silence, nous ne nous sommes pas reconnus dans les hurlements, ni dans nos grottes, ni dans les gestes des étrangers. Autour de nous la campagne est indifférente et le ciel sans intentions.

Nous nous sommes regardés dans le miroir de la mort. Nous nous sommes regardés dans le miroir du sceau insulté, du sang qui coule, de l'élan décapité, dans le miroir charbonneux des avanies.

Nous sommes retournés aux sources glauques.

LA LETTRE DIT ENCORE...

...je vous écris de la Cité du Temps interrompu. La catastrophe lente ne s'achève pas. Notre vie s'écoule, notre vie s'amenuise et nous attendons encore « le moment qui repasse le mur ».

Le vieux différend unit le frère au frère. Dans l'enceinte du froid tout le monde enfermé. Ceux qui possédaient possèdent sans plus posséder. Chacun est pauvre en soi, n'occupant même pas son lit. Souci l'occupe.

Le désordre est partout. Les oreilles sont pour l'unification de l'Univers, mais les bras sont pour tomber dessus et la léthargie pour laisser faire.

Le fer ne pèse plus. Il se rencontre dans la haute atmosphère, solide, rapide, fait au mal. Mais la pensée pèse. Elle n'a jamais tant pesé.

Il a menti le proverbe « Personne n'est blessé deux fois de la même flèche ». Comment? Pas deux fois. Deux mille fois deux fois et elle blesse encore, toute aiguë. Sous la pensée jamais éteinte, le front brûle. Le baume de l'oubli n'a pu être préparé...

Ceux qui parlent enflent leurs voix, mais ils enflent aussi la vérité. La meute s'est lancée en région étendue. Une meute ne demande qu'à courir, mais qui demande à être traqué? La meute avec grands aboiements s'est répandue...

. . . .

Je vous écris des pays de l'atroce, je vous écris de la Capitale à la foule endormie. On vit en indifférence dans l'horreur. On appelle la fin et vient celle du nivellement... Les formes nobles ne se montrent plus. On voit les cous tendus pour se baisser. La paix a honte...

Sachez-le aussi : Nous n'avons plus nos mots. Ils ont reculé en nous-mêmes. En vérité, elle vit, elle erre parmi nous LA FACE A LA BOUCHE PERDUE.

. . . .

Parfois, dans un grand bruit, nos maisons à étages de poussière à la rue se déversent. Les fonctionnaires à la course à la mort restent innombrables.

. . . .

Je m'arrête de vous écrire. Non, n'envoyez pas un préparateur des fêtes. Non, il n'est pas temps encore.

. . . .

Nous sommes restés assis sur la margelle du puits abandonné. Tout avait couleur de ferraille et de poutre enfumée et couleur de fatigue profonde.

Des triangles d'oiseaux rigides parcouraient le ciel à grand bruit.

Désespoir comme la pluie, et jusques à quand tombera-t-elle?

Petit vieux vaniteux, voulant régner, laissant tuer, battu content, tenait une poupée.

Le temps s'écoulait, réponse évasive, les années en lanière, entre les doigts des traîtres.

Nous nous sommes regardés en silence.

Nous nous sommes regardés avec le sérieux précoce des enfants d'aveugle.

LES SPHINX

Tout tombe, dit le Maître de Ho. Tout tombe, déjà tu erres dans les ruines de demain.

L'Homme qui te parle est Sphinx. L'homme que tu fus, le père que tu as eu était sphinx. Eh bien, qu'as-tu compris au Sphinx qui te fut soumis?

Celui qui ne dissout pas celui qui vient à lui, un Sphinx s'y forme et c'est de Sphinx que l'on meurt.

Tout durcit, dit le Maître de Ho, tout durcit et revient à la tête. Le geste inachevé, la défaillance du cœur, la remarque qui frappe l'oreille.

Le sourire, le visage pur, que avide tu regardes, c'est lui, c'est lui-même, incompris, qui te fera ta plaie, et qui, le temps venu, de durs rochers sans fin t'encombrera.

Tout dépose. Tout fait pierre, dit le Maître de Ho. De la lèvre à la pierre, du rayon à la ruine.

LABYRINTHE

Labyrinthe, la vie, labyrinthe, la mort
Labyrinthe sans fin, dit le Maître de Ho.

Tout enfonce, rien ne libère.
Le suicidé renaît à une nouvelle souffrance.

La prison ouvre sur une prison
Le couloir ouvre un autre couloir :

Celui qui croit dérouler le rouleau de sa vie
Ne déroule rien du tout.

Rien ne débouche nulle part
Les siècles aussi vivent sous terre, dit le Maître de Ho.

MONDE

Celui dont le destin est de mourir doit naître. Hélas, mille fois hélas pour les naissances, dit le Maître de Ho. C'est un enlacement, qui est un entrelacement.

On perd en gagnant. On recule en approchant.

La fille au yoni étroit, si grand que soit son cœur, a un défaut. Il en est ainsi de bien des choses.

Éloignez de moi l'homme savant, dit le Maître de Ho. Le cercueil de son savoir a limité sa raison. « Oh! Liberté! » dit le Maître. Éloignez de moi celui qui s'asseoit pour penser.

Parlez d'abord. Parlez et vous ne serez pas ignorant. Atteignez d'abord et vous approcherez ensuite.

Tout afflue, dit le Maître de Ho. Tout déborde. Tout est là.

Un regard aux ailes de libellule se pose sur la personne aimée, et rime le Monde sans le connaître celui qui doit le chanter.

LE CALME

J'ai entendu la foule des fessés parler de fierté, dit le Maître de Ho. Et je n'ai pas ri.

Les lois nouvelles ont été préparées. Des lois nouvelles sont venues. Les lois s'accumulent dit le Maître de Ho, mais c'est toujours l'édit de la vieille naine, feuilles éparses d'un arbre déjà déraciné.

Le calme, dit le Maître.

Le calme et l'inquiétude. Ce sont les pérégrinations de la biche et de la panthère jusqu'à ce qu'enfin elles se rencontrent. Oh moment! oh moment extraordinaire! et tout devient si simple, si simple.

Le calme, dit le Maître de Ho.

ANNALES

Alors commença la grande guerre des statues. Ce fut dans l'année du cheval de feu et il y eut grande immolation. Jeune ni vieux ne pouvait retenir sa vie. Il fallut la sacrifier.

Pour statue, pour statue immobile.

Tribus du feu écrasèrent tribus du chêne.

Tribus de la flèche écrasèrent pays de la houe.

Le monde était tout spasme. Ce furent les années, où ils durent vivre leur vie.

LA MARCHE DANS LE TUNNEL

Chant premier.

J'entendis des paroles dans le noir. Elles avaient la gravité des situations périlleuses au cœur de la nuit entre personnages d'importance.

Elles disaient, ces paroles, dans l'ombre obscure. Elles disaient avec confusion. Elles disaient toutes : « Malheur! Malheur! » et ne cessaient pas, criant toujours : « Malheur! Malheur! »

Je vis un homme dans un lit, et la maladie lui parlait :

« Malheureux, disait-elle, ne sais-tu pas que « tes reins, ennemis sûrs, se corrompant, te « mettent, à partir de maintenant, ta mort « au lit avec toi. Tu sauras plus tard mon « nom, mais le bec de l'oiseau urinaire en toi « commence à piquer et tu paieras cher le « petit peu que tu as eu... »

Puis j'entendis une voix plus forte qui dit :

« Va, ne t'attarde pas, ici n'est qu'un « homme. Ailleurs ils sont des milliers et des « milliers de fois des milliers et plus encore il « y en a et tous en grand danger.

« Ne sois plus distrait et regarde. Après « tout, tu dois vivre là-dedans ta petite vie. »

Alors éclata une voix comme on n'en connaissait pas et les fleurs de la vie se mirent à puer, et le soleil n'était plus qu'un souvenir, un vieux paillasson mis derrière une porte qu'on ne franchira plus, et les hommes, perdant la foi, se taisaient, se taisaient d'un silence qui vous prend le souffle, comme il arrive en été, le soir à la campagne, quand les derniers oiseaux, et puis les derniers insectes du jour étant rentrés, et ceux de la nuit pas encore venus, il se produit soudain un silence tombal.

Dès ce moment, la mort, ses fauchées furent grandes.

Des trous énormes se formaient d'un coup comme des collines retournées. Les maisons, comme perdant poids, étaient soufflées. Et leurs habitants, qu'en dire?... Pour eux la plaie d'être homme se fermait.

En vain on grattait à la porte de demain et le présent hurlait.

Il fit froid, cette année.

Des kilomètres de gueules sportives, échelonnées sur la neige du continent, ne savaient quelle expression prendre. La bise de l'hiver trop dure pour leur métabolisme basal soufflait souverainement.

La force était partout, mais la détresse vissée dedans.

Les eaux étaient atteintes, les airs étaient atteints. Les thons effrayés désertaient leurs mers coutumières et les aigles se faisant petits s'enfuyaient à tire-d'aile.

Le métal n'avait jamais été si dur, la poudre n'avait jamais été si forte. Ensemble ils tombaient sur les foules, et les hommes stoppés par la mort s'affaissaient pour ne plus se relever en ce siècle.

Mais plus loin, tout continuait.

Les toupies tournaient ferme sous les fouets implacables.

Chant deuxième.

Les idées, comme des boucs étaient dressées les unes contre les autres. La haine prenait une allure sanitaire. La vieillesse faisait rire et l'enfant fut poussé à mordre. Le monde était tout drapeau.

Il y avait eu autrefois des hommes prenant leur temps, brûlant paisiblement des bûches de bois dans de vieilles cheminées, lisant des romans délicieux où ce sont les autres qui souffrent. Ces temps n'étaient plus. Les fauteuils, en ce siècle, brûlèrent et le contentement barbelé des riches de ce monde ne se défendait plus.

Il fit froid pour tous cette année. Ce fut le premier hiver total.

L'espoir sourdait vaille que vaille. Mais l'événement s'en foutant, comme une brute qui arrache pansement et chair et drain à la fois, il fallait recommencer à souffrir sans espoir.

De distance en distance apparaissait une lueur, mais la vague de fond qui emporterait le tout ne se levait toujours pas.

Des peuples, les uns gagnaient, les autres crevaient, mais tous restaient emmêlés dans une misère qui faisait le tour de la Terre.

La race de la Sagesse ne fut pas épargnée.

Prise au dépourvu, elle lutta année après année, sa patience millénaire soumise à un test extra-sévère.

Le peuple prédestiné, lui aussi, et le premier, pâtit. On lui enleva jusqu'à sa chemise. L'on se rit de lui, et se retournant, on l'accusait de l'origine des malheurs.

Au peuple des Temples parfaits, il lui fut pris jusqu'à ses olives.

Les têtes étaient farcies de foutaises.

Comme la mer ne se fatigue pas de heurter le rivage d'inutiles vagues, ainsi cette grande lutte poussait toujours en avant de nouveaux rangs.

Avances trépidantes qui n'avançaient à rien, retraites éberluées qui finissaient devant le vide.

Jamais on ne vit autant de coups d'épée dans l'eau.

Les rênes de l'humanité flottaient au hasard, mais pourtant, mais partout, sous des visages divers, le Père, le chef, lorsque sa vie autoritaire, comme une rame, s'enfonce dans sa famille qui se tait.

Chant troisième.

L'année était comme un mur devant la race des hommes.

La Terre, jusqu'au plus haut, était une seule laitance d'où l'on n'arrivait pas à sortir la tête.

Pourtant travaillaient les hommes et travaillaient comme jamais n'avaient travaillé, sans regarder le soleil, sans regarder leur temps qui s'écoulait inexorable, et plus travaillaient, plus étaient poussés à travailler, pelletant, pelletant sans cesse sous la gigantesque hémorragie; et la mort, avec simplicité, venait au bout comme une étoffe fatiguée, comme une étoffe fatiguée qu'on découd ou comme une addition qu'on avait oubliée et qu'on vous présente au moment d'ouvrir la porte.

La civilisation boutiquière s'obstinait. On disait qu'elle craquait. Mais tout en craquant elle s'obstinait.

Cependant, comptait ce siècle à statistiques, comptait, comptait éperdument, comptait les grains, les trains, les tonnes, les bébés, les veaux, les roues, les épaules à porter les armes.

Il fallait un permis pour recevoir une bouchée de pain.

Chant quatrième.

Les grands hommes d'autrefois, les hommes divins, parlaient avec une grande paix, comme une main sur le cœur et l'on s'arrêtait, les écoutant, et des millénaires plus tard, les écoutant toujours vous vous arrêtiez encore, comme si une main venait se poser sur votre cœur.

Il n'en était plus ainsi à présent.

De grinçants hurlements, et des façons de camion, et comme un entourage d'émeute.

L'époque était trompette, mais le souffle lui-même était sourd et angoissé, court et hypocrite.

Le Colossal, lui-même, la grandeur n'y était pas.

Dans le triomphe, le crapuleux : on salissait les têtes tombées, on y poussait la canaille.

Les faucons, pour mieux tromper, s'habillaient en fauvettes. Mais c'étaient des faucons.

Le reste n'avait jamais été aussi fourmi. D'interchangeables idées de soldat de plomb que la haine même n'émulsionnait pas.

Tout était Tribu, Tribu!

Lugubres et farouches, se détournant des souvenirs des jours anciens, les hommes marchaient dans le tunnel, tendant le poing à leur passé, accusant les seins d'avoir été trop beaux, accusant le soleil d'avoir été jaune et brillant, jetant inconsidérément ses pinceaux de douce chaleur.

On reprochait le riz à l'étincelle et au riz de ne pas donner d'étincelle.

Tout était nivelé. A la Reine d'être bonne dactylo.

Et docile à tous les prêches, l'homme abattu, docile, jusques à quand docile?

Pauvre Pays, comment a-t-on pu t'aimer ainsi?

Chant cinquième.

Un désert brûlant, en sa saison extrême, sous le soleil le plus ouvert, en la Saison que, même le grand scorpion noir africain hésite à sortir ses pattes sur le sable poivré de chaleur, ce désert, une armée qu'on croyait endormie, le traversa, s'ébranlant dans des chars plus chauds que des poêles, fonçant en avant, et une bataille nouvelle dut être livrée.

Les éléments hostiles ne faisaient pas reculer.

Ici, le sable était si chaud qu'il faisait éclater la peau des jambes.

Là, si dense était la boue qu'elle engluait les canons, les hommes, les chevaux, dans un écœurant et gigantesque empêtrement.

Ailleurs, le froid glaçait l'œil dans l'orbite comme une bille.

Les armes, l'acier, collaient aux doigts, martyrisaient l'homme longuement, comme une grenouille sous un savant penché, bistouri à la main et préoccupé, préoccupé de ses réflexes, si curieux, si curieusement finalistes d'allure, quand on y songe.

Le ciel était mis en batterie contre la terre et la terre contre le ciel.

Même au fond des eaux un navire n'était pas tranquille.

Hébétés dans la mêlée. Hébétés hors de la mêlée.

La vie entre l'écorce et l'arbre pour les plus fortunés.

Les pensées, les propos étaient mitraillés. L'air même était devenu policier. Beaucoup regardaient leur nez, leur nom avec inquiétude, cherchant dans leur tréfonds les tendances d'une race honnie.

Chant sixième.

Dans l'abattement général, tout à coup la bataille, comme revigorée dans le silence, reprenait, nouvelle et avec de nouveaux moyens.

A nouveau le parti le plus fort bougeait, volait, se ruait, parcourait un continent, prenait des avantages formidables. On attendait anxieux, les uns triomphants, les autres défaits.

Mais inutile brisement.

Il ne pouvait divorcer d'avec le malheur.

Personne, aucun peuple ne le pouvait et l'attente reprenait comme une vie de taupe.

Les patients écoutaient des voix libératrices franchir les continents. Mais l'événement ne libérait rien, ne franchissait même pas un petit ruisseau et des oreilles soupçonneuses écoutaient les écoutants.

Menaçant de mille nouvelles menaces possibles, le Temps, lentement, coulait, semblable à une interminable enfance.

Chant septième.

Comme un planeur en silence remonte une pente chaude dans le ciel dégagé, le Dominateur cherche une nouvelle ascension-puissance, prélude de nouveaux bannissements, de nouveaux carnages.

Sa machine à nouveau s'ébranle et le monde comme une étoffe gémit, ou comme la femelle du hérisson couverte par le mâle au pénis perforant et douloureux à supporter.

Et sur les siens il s'arc-boute, réclamant toujours plus de bras, plus de sueur, plus de sang.

Dans l'engrenage sans fin ils donnent davantage et la Terre étonnée attendant la défaillance qui ne vient pas, l'observe pensivement.

Comme un lac de montagne trépané par des foreuses divergentes s'en va des centaines de pieds plus bas faire tourner le volant d'une grande mécanique, cependant que, lui-même sous la gigantesque ponction, s'assèche, ainsi les petits peuples hors de jeu voyaient le Grand peuple puissant, portant son mouvement toujours plus loin, s'affaiblir doucement, doucement, mais indubitablement...

Chant huitième.

Beau,
Beau comme un large champ l'été,
Beau comme un large champ de tir,
Beau l'espoir!

Beau comme une grande plage
Beau l'espoir
Beau comme une petite plage
Beau comme une petite plage de lumière sur un objet usuel, laquelle petite plage doucement vous défonce le cœur, d'on ne sait quoi de vague, mais en somme de satisfaisant

Ainsi l'espoir
l'espoir de l'homme tenace
l'espoir à travers cataclysmes qui se faufile.

Cependant le quatrième automne approche, le quatrième automne d'horreur (c'est aussi l'automne d'un âge qui se disait heureux) et un hiver qu'on avait tant voulu écarter, déjà il annonce qu'il va paraître qu'il sera là, rendant plus durs les maux, plus vinaigrées les plaies.

Chant neuvième.

Dedans c'est la fumée. Dehors c'est la fureur.

On embauche les flammes pour la destruction des édifices. On embauche la bassesse humaine pour la destruction des fiertés. On embauche la bêtise et la veulerie dans un immense et composite outil. Et travaille dur cet outil, dur et insolemment, par-ci par-là avec des souplesses, puis de nouveau dur et impudent, lassant la résistance et développant un immense imbroglio.

Mais dur pour qui le subit. Et qui ne le subit pas?

Le travail creuse, le crachat aussi.

Jusqu'où tomberas-tu?

Jusqu'où fléchiras-tu, peuple méconnaissable?

Chant dixième.

Le Grand Azuré, cette année, sa Tour pencha.

Le Grand Azuré, la vermine en sortit et le recouvrit et tous les siens en furent recouverts. Cela advint par méfortune, ensuite d'un coup malheureux.

Comme il était hébété par la chute et tassé dans le coin, on jeta l'éponge pour lui.

Oh! Douleur!

Il n'eut pas le temps de lever le voile de ses paupières, que déjà c'était fait...

L'oscillatoire fait dormir. L'éruptif fait frémir. Il sortit d'une tête insignifiante un jet incroyablement forcené. Cependant médiocre et ridicule et s'ébroua le peuple, et s'ébroua le continent sous l'éperon méchant.

Tuant, disant semer, tuant, tantôt à l'ouest, tantôt à l'est.

Sa charrue faisait sur les cailloux un bruit retentissant.

Chant onzième.

Comme une comparaison voguant négligemment en apparence dans un esprit distrait, s'en va, pêchant une réalité encore obscure dans une zone encore plus obscure et vous la met au jour, tout à coup, timbrée de mots significatifs, ainsi l'époque malheureuse, hébétée sous les coups incessants, prépare quelque chose d'important qui va rendre intelligible l'immense confusion où des millions s'entrebattent à mort, sans pouvoir s'arrêter, pris dans les bretelles du malheur. Mais quelle chose? Et comment?

Telle une eau douce souterraine circule sous l'eau de la mer, ne servant à personne, mais peut émerger plus loin à l'intérieur des terres, arrosant une graine, puis élevant un palmier, ainsi...

Chant douzième.

En ce temps-là, un grand pays se trouva comme un pays petit.

Un accident de lutte l'ayant mis à terre en un instant, il se tenait coi à présent, jetant les yeux à gauche, à droite, il semblait demander la permission.

En ce temps-là, celui qui avait jeté tant de lumière fut en grande obscurité.

Ce pays alors beaucoup nous affligea et lui fort affligé aussi, mais surtout penaud d'être si amoindri et prisonnier et sa chaîne si courte et si tendue.

Les autres pays, stupéfaits, considéraient celui qui, par son soleil les avait si longtemps forcés à lever la tête.

Mais ils ne se réjouissaient pas, même les envieux.

Ce ratatinement si rapide les angoissait.

Chant treizième.

Les couverts sont nombreux. Les lieux découverts sont encore plus nombreux.

Une plaine riche en homme est fauchée par un tir en rafales.

Mais l'humanité nombreuse, quoique moins que les rats, est là qui se présente, imposante réserve.

Troupes fraîches, sang nouveau.

Entre des haies de drapeaux, entre des haines de drapeaux, la voilà qui défile vers le prochain pourrissoir...

Comme un banc de thons dans la madrague, le long du filet interminable, se croyant prudent s'en va tout de même, sans s'en douter dans la chambre de mort, d'où, pressé par les nouveaux arrivants, il se débat furieusement, vainement, attaquant ses proches, l'humanité, tout en faisant ses comptes, ses statistiques prometteuses, entre méthodiquement dans le charnier.

Chant quatorzième.

Démâté de tous mâts, le navire écoute le vent désormais inutile.

La Tape de la balle est rapide qui frappe

le guerrier, rapide et décisive. Après, tout change.

Attente. Attente démesurément longue. Non, la soif ne fait pas lever la brise, il n'y faut pas compter.

En cette époque la disette gagna partout. Les figures étaient contractées. Le pain devint terreux. Une pomme trouvée dans la terre était plus entourée qu'un proche parent.

En cette époque, la faim entra, la nourriture partit : partit pour servir sous le drapeau. Le blé faisait du charbon, le lait nourrissait le canon.

Dans cette énormité mécanique, l'homme subalterne passait, essayant de ne pas se faire remarquer.

La quatrième croisade rapporta la lèpre, et toi, croisade pétaradante, que nous rapporteras-tu?

Chant quinzième.

Dénature! Dénature!

On dénature le café. Il fait des soucoupes. On dénature le maïs, et il fait avancer les locomotives et reculer la paix.

On dénature le clair, et des noms nobles que l'on croyait connaître prennent un sens qui gifle et fait rougir.

Les mots blasphémés, terrible leur cavalerie! s'ajoutent à l'insomnie des événements.

Ce fut aussi l'époque de l'obscurcissement des villes.

Chant seizième.

Aujourd'hui, aujourd'hui de catafalque!
Voici qu'est venue l'époque du bafouement.
Le battu reçoit un chapeau, le chapeau du Roi-Esclave.
L'albatros au large vol,
La corde à la patte, attend près d'un seau d'eau.

On a cousu nos frères dans des peaux d'ânes
On a cousu nos frères dans des peaux de porcs
On a cousu nos frères dans des peaux de porcs

et on nous les a renvoyés pour demeurer avec nous.

Oh étranglement...

Chant dix-septième.

Le visage plaît. La carcasse hypnotise.

Champs de bataille épars dans le continent. Épars les hommes.

Épars les os, culbutées les machines.

Des yeux de soldats morts ne s'égarent plus dans le spectacle multiforme du monde.

Plus fixes que la philosophie, plus fixes que la vengeance, les yeux des soldats morts.

Les têtes, qui s'étaient laissées chavirer par les rêves, gisent maintenant comme des cailloux.

Chant dix-huitième.

Le Blessé entre les lignes, le blessé, le vent porte son cri, lugubre, obstiné.

Le soldat dans un trou de boue, comme une crotte, crie.

Ses derniers cris, il crie.

Un autre seulement meurt.

Le colonel fier, l'obus l'a stoppé. Le colonel dur, la fumée de l'orgueil s'échappe par sa blessure.

La pellicule de la vie est mince, colonel. Comme elle est mince. Tout le monde le sait. Mais on peut l'oublier.

La pellicule de la vie...

Chant dix-neuvième.

Les soldats de l'armée encerclée, ont derrière les barbelés un regard crevé. L'espoir ou le passé, le remplit malaisément et pour peu de temps.

Autrefois! Bref autrefois pour qui s'apprêtait à vivre...

Le parqué avec la multitude considère sa peine. Il considère sa pensée, son cœur, son « lui-même » si justement adapté ailleurs, mais inutile ici comme pain dans une poubelle.

Souvenirs! Il s'en retourne à ses souvenirs.

Comme en ses profondes rainures, le fond de la mer du Nord garde encore le lit du Rhin, lorsqu'il y a des dizaines de milliers d'années, il s'en venait déboucher au large de l'Écosse, ayant ramassé en chemin la Somme, la Tamise et de-ci de-là, de moindres rivières...

Souvenirs!

Souvenirs de la race humaine.

Souvenirs pour résister.

Chant vingtième.

Voici qu'est venue l'Époque dure, plus dure que la dure condition de l'homme.

Elle est venue, l'Époque.

Je ferai de leurs maisons des lieux de décombre, dit une voix.

Je ferai de leurs vaisseaux qui voguent sur l'eau des pierres qui coulent rapidement.

Je ferai de leurs familles des hordes terrifiées.

Je ferai de leurs richesses ce que d'une fourrure font les mites, n'en laissant que le spectre, lequel tombe en poussière au moindre geste.

Je ferai de leur bonheur une sale éponge qu'il faut jeter, et leurs projets d'autrefois plus comprimés que le corps de la punaise persécuteront leurs jours et leurs nuits.

Je ferai planer la mort en vérité et en réalité et malheur à qui se trouvera sous ses ailes.

Je culbuterai leurs dieux d'une monstrueuse culbute et dans ses débris éparpillés ils trouveront des dieux qu'ils ne se savaient pas et dont la perte les fera souffrir encore davantage.

Chant vingt et unième.

Lugubres, lugubres mois!

Lugubres comme cantonnement inondé par surprise.

Lugubres comme le blockhaus aperçu tout à coup et trop tard, trop tard son embrasure mince semblable à un mauvais œil plissé, mais ce qui en sort est autrement pénétrant.

Lugubres comme un croiseur sans escorte aérienne, le soir, près des unités ennemies tandis qu'on entend des bruits dans le ciel que l'on n'identifie que trop bien quoiqu'encore faibles, mais ils grossissent si épouvantablement vite, et le croiseur s'en va, zigzaguant comme une phrase maladroite qui ne rencontre pas le lit de l'histoire.

Lugubres... et pas finis.

Chant vingt-deuxième.

Fouets au Sud! Fouets à l'Est! Fouets à l'Ouest! N'ornez pas trop vos fouets, empêcheurs secrets cachés derrière les étendards. C'est à présent tellement inutile.

Taches noires sur les vivants! Flaques noires sur les vivants!

Il avance de derrière l'horizon, dit-on, derrière les généreux qui offrent leur vie, derrière les avares qui perdent leur vie, derrière les inconscients, les dominateurs, il avance, dit-on... Mais qu'est-ce qui avance vraiment?

Hiver. Barrage. Avenue de tombeaux!
Froid, en forme de feu,
en forme de plaine dans la souffrance,
et il ne peut y avoir d'abandon.
Peuple. Journaux. Université de tambours.
Vengeurs. Ambassadeurs. Bedeaux d'obélisque!

Chant vingt-troisième.

Où vas-tu, homme à la tripe lâche?

L'homme va dans sa grange à idées. Cette idée le tuera. N'importe, il faut qu'il y aille.

Le tigre n'y va pas. Sa patte heureusement est plus souveraine. Avec une pareille moutarde on a sa vie toute assaisonnée.

Il n'y a plus pour lui qu'à trouver un peu d'ombre fraîche, et des raies de lumière sœurs des rayures de son pelage, et les proies et les joies viendront en suffisance. Quelle chair, en effet, montée sur deux ou quatre pattes ne se met tôt ou tard en mouvement, inspirée par l'aventure du changement?

Le tigre frappe, que ne fera pas l'homme?

La mouche s'enlève : Où ne s'envolera pas l'homme?

. . . .

(inachevé)
1943

MES STATUES

J'ai mes statues. Les siècles me les ont léguées : les siècles de mon attente, les siècles de mes découragements, les siècles de mon indéfinie, de mon inétouffable espérance les ont faites. Et maintenant elles sont là.

Comme d'antiques débris, point ne sais-je toujours le sens de leur représentation.

Leur origine m'est inconnue et se perd dans la nuit de ma vie, où seules leurs formes ont été préservées de l'inexorable balaiement.

Mais elles sont là, et durcit leur marbre chaque année davantage, blanchissant sur le fond obscur des masses oubliées.

J'AI TRACÉ DANS MA VIE UN GRAND CANAL

A force de peines, de vaines montées, à force d'être rejeté du dehors, des dehors que je m'étais promis d'atteindre, à force de débouler d'un peu partout, j'ai tracé dans ma vie un canal profond.

J'y retombe plutôt que je ne le retrouve. Maintenant il m'émeut. Il en est venu à m'émouvoir quoiqu'il ne m'éclaire, ni ne m'aide, ni ne me satisfasse. Loin de là, il me rappelle plutôt l'authentique limite qu'il ne m'est pas donné de franchir, sauf par instants. Ainsi par son durable « je ne sais quoi », il me confirme dans une continuité que je n'eusse jamais espérée, que je suis seul à me connaître et que je n'apprécie point.

J'y vogue à la dérobée.

APRÈS MA MORT

Je fus transporté après ma mort, je fus transporté non dans un lieu confiné, mais dans l'immensité du vide éthérique. Loin de me laisser abattre par cette immense ouverture en tous sens à perte de vue, en ciel étoilé, je me rassemblai et rassemblai tout ce que j'avais été, et ce que j'avais été sur le point d'être, et enfin tout ce que au calendrier secret de moi-même, je m'étais proposé de devenir et serrant le tout, mes qualités aussi, enfin mes vices, dernier rempart, je m'en fis caparace.

Sur ce noyau, animé de colère, mais d'une colère nette, que le sang n'appuyait plus, froide et intégrale, je me mis à faire le hérisson, dans une suprême défense, dans un dernier refus.

Alors, le vide, les larves du vide qui déjà poussaient tentaculairement vers moi leurs poches molles, me menaçant de l'abjecte endosmose, les larves étonnées après quelques vaines tentatives contre la proie qui refusait de se rendre, reculèrent embarrassées, et se dérobèrent à ma vue, abandonnant à la vie celui qui la méritait tellement.

Désormais libre de ce côté, j'usai de ma puissance du moment, de l'exaltation de la victoire inespérée, pour peser vers la Terre et repénétrai mon corps immobile, que les draps et la laine avaient heureusement empêché de se refroidir.

Avec surprise, après ce mien effort dépassant celui des géants, avec surprise et joie mêlée de déception je rentrai dans les horizons étroits et fermés où la vie humaine pour être ce qu'elle est, doit se passer.

DANS LA COMPAGNIE DES MONSTRES

Il fut bientôt évident (dès mon adolescence) que j'étais né pour vivre parmi les monstres.

Ils furent longtemps terribles, puis ils cessèrent d'être terribles et après une grande virulence, petit à petit s'atténuèrent. Enfin ils devinrent inactifs et je vivais en sérénité parmi eux.

C'était l'époque où d'autres, encore insoupçonnés, se mettaient à se former et un jour se présenteraient à moi, actifs et terribles (car s'ils devaient venir surgir pour être oisifs et tenus en laisse, qui pense qu'ils viendraient jamais?), mais après avoir noirci tout l'horizon, ils en venaient à s'atténuer et je vivais parmi eux avec égalité d'âme et c'était une belle chose, surtout ayant menacé d'être si détestable, presque mortelle.

Eux qui au premier abord étaient si démesurés, infects, répugnants, prenaient une telle finesse de contour qu'on les eût, malgré leurs formes impossibles, presque introduits dans la nature.

C'est l'âge qui faisait cela. Oui. Et quel était le signe certain de leur stade inoffensif? C'est très simple. Ils n'avaient plus d'yeux. Lavés des organes de la détection, leurs visages quoique monstrueux de forme, leurs têtes, leurs corps maintenant ne gênaient pas plus que celle des cônes, des sphères, des cylindres ou des volumes que la nature offre en ses rochers, ses galets et dans bien d'autres de ses domaines.

LE LOBE A MONSTRES

Après ma troisième rechute, je vis par la vue intérieure mon cerveau gluant et en replis, je vis macroscopiquement ses lobes et ses centres dont presque aucun ne fonctionnait plus et je m'attendais plutôt à voir pus ou tumeur s'y former.

Comme je cherchais un lobe qui fût encore en bonne santé, j'en vis un, que le ratatinement des autres démasqua. Il était en pleine activité et des plus dangereuses, en effet c'était un lobe à monstres. Plus je le vis, plus j'en fus sûr.

C'était le lobe aux monstres, habituellement réduit à un état inactif, qui dans la défaillance des autres lobes, tout à coup par une puissante suppléance, me fournissait en vie; mais c'était, soudée à la mienne, la vie des monstres. Or j'avais déjà eu dans toute ma vie, le plus grand mal à les tenir en rang subalterne.

Peut-être étaient-ce à présent les ultimes

tentatives de mon être pour survivre. Sur quelles monstruosités je pris appui (et de quelle façon!), je n'oserais pas le dire. Qui aurait cru que je tenais ainsi à ce point à la vie?

De monstres en monstres, de chenilles en larves géantes, j'allais me raccrochant...

A UNE PERCHE SANS FIN

Je vois là-bas un être sans tête qui grimpe à une perche sans fin.

Tandis que je me promène, tentant de me délasser, d'atteindre ce fond de délassement qu'il est si difficile d'atteindre, qu'il est improbable, quoique ayant tellement soupiré après, que je l'atteigne jamais, tandis que je me promène, je le sais là, je le sens, qui infatigablement (oh non il est terriblement fatigué), qui incessamment grimpe, et s'en va grimpant sur son terrible chemin vertical.

Souvent il me paraît comme un amas de loques, où se trahissent deux bras, une sorte de jambe, et ce monstre qui devrait tomber de par sa position même (car elle n'a rien d'une position d'équilibre) et plus encore par l'incessation de son dur exercice, grimpe toujours.

Pourtant de cette montée aussi je dois douter, car il échappe assez souvent à mon attention, à cause des soucis de toutes sortes que la vie a toujours su me présenter et je me demande lorsque je le revois, les repères manquant complètement, s'il est plus haut ou, si loin d'avoir accompli des progrès, il ne serait pas plus bas.

Parfois je le vois comme un vrai fou, presque sans appui, grotesquement écarté le plus possible de cette perche qu'il hait peut-être et il y aurait de quoi, encore que l'espace lui doive être plus haïssable encore.

EN PLEIN CIEL

Dans un enchevêtrement à perte de vue dans l'immense ciel gris, de poulies, de perches, de planches, d'amarres, il monte.

Ce n'est pas une échelle de Jacob, mais un échafaudage sans sécurité. Et c'est là que grimpe celui-ci : chacun ses travaux forcés.

Comment consent-il à se fier à ces flèches, à ces bouts en l'air dont rien ne prouve ni à la vue, ni au calcul (et plutôt tout le contraire) qu'ils soient assujettis en un point vraiment fixe et solide et fiable? Sans doute il n'a pas le choix et c'est ne pouvant faire autrement qu'il avance en tâtonnant dans l'espace, dans un parfait silence, et sans un regard en arrière.

SUR LE PLANCHER

Sur le plancher, après des nuits agitées, j'aperçois des monstres exténués. Rompus de corps, rompus d'efforts.

Tête cabossée et presque cachée, membres anéantis par l'accablement ou tordus dans un dernier appel désespéré qui serait pathétique pour un chien même qui passerait.

Quant à moi, je contemple, gêné, le plancher aux misérables, ne sachant au vrai quelle est ma part là-dedans et même je ne sais si je tiens tellement à la savoir. Assez de mauvaises nouvelles, et je suis là, les regardant d'une vue curieuse, qui n'est exactement par-dessus, ni de côté. Et dans ce problème de la vue qui n'est pas l'important, je me laisse aller aux réflexions.

LE MONSTRE DANS L'ESCALIER

Je rencontrai un monstre dans l'escalier. La peine qu'il avait à le gravir faisait, à regarder, un mal atroce.

Cependant, ses cuisses étaient formidables. Il était même pour ainsi dire tout en cuisses. Deux cuisses pesantes sur des pattes de plantigrade.

Le haut ne m'apparut pas distinct. De petites bouches d'ombre, d'ombre ou de...? Point n'avait cet être vraiment un corps, si ce n'est ce qu'il en faut de zones molles et de confuse moiteur pour tenter quelque sexe rêveur d'homme inoccupé. Mais peut-être n'était-ce pas cela du tout, et ce gros monstre, probablement hermaphrodite, montait malheureux, écrasé et bestial, un escalier qui ne le conduirait sans doute nulle part. (Quoique j'eusse l'impression qu'il n'était pas parti pour quelques petites marches.)

Sa vue était gênante, et sûrement ce n'était pas bon signe de rencontrer pareil monstre.

Qu'il fût immonde, on le savait tout de suite. En quoi? On hésitait.

Il semblait porter sur sa masse indéfinie des lacs, de tout petits lacs, ou étaient-ce des paupières, d'immenses paupières?

LES HOMMES-TRONCS

A ces monstres déshérités la nature donna un tronc, un tronc fermé, un tronc suppliant parfois mais toujours clos.

On les voit qui se tendent, qui s'étendent. Mais bras n'en sort, ni doigt n'y vient... Êtres-moignons, qui n'ont ni membres, ni antennes, la prière n'en est pas moins en eux, pas moins les supplications...

La fierté de leurs troncs dans la pauvreté de leurs moyens d'expression est sans pareille, et la solidité de leur position paraît étonnante. On ne voit pas leur dépendance, quoique hélas on voie encore moins, à y réfléchir, quelle peut être leur indépendance.

DOUBLE-TÊTE

Il en est bien embarrassé de sa double-tête et bien mieux s'en tirerait avec une seule.

Une pour penser, ça va. Une à l'autre bout pour évacuer, c'est moins bien.

C'est même une affreuse gêne et qui le conduit plutôt à choir.

Double-tête n'en a cure. C'est fait. C'est terminé.

Si fort que ses intentions aient pu changer, la forme est prise et lui dedans. Il n'a qu'à continuer, malgré l'erreur à présent évidente.

LA GRANDE MAIN INFORME

Il me semble souvent voir une grande main informe passer sur les choses devant moi.

Sur les choses, sur les monuments même, sur des façades de cent pieds de haut et elle a comme l'air de vouloir faire de grands dégâts. Mais ce n'est qu'une tâtonneuse.

Voilà ce qu'une expérience déjà ancienne m'autorise à déclarer, une tâtonneuse. Et sans finesse.

Et sans masse véritable, car quoique pour être où elle apparaît, elle ait dû traverser et retraverse encore présentement des murs épais et dont les briques ne s'arrangeraient pas d'une bousculade, néanmoins, il ne se produit pas que je sache, de dégâts particuliers. C'est la raison pour laquelle je ne m'en inquiète guère plus que les architectes, qui, à ce qu'on m'assure, n'en tiennent pratiquement pas compte.

LE VIEUX VAUTOUR

C'est un vieux vautour qui ne me lâche pas.

Ah, il trouve bien toujours un perchoir près de moi. Il sait me retrouver.

Parfois sur la tête d'un ami je le vois, dans le visage d'un inconnu, qui essaie de mettre son œil rond au regard qui ne fléchit jamais, et même son bec, il essaie de l'y mettre malgré l'extrême impropriété à cet égard de la figure humaine.

Néanmoins, il s'y fixe et s'y fait reconnaître. Pour moi, mon visage à son tour durcit, et je quitte préoccupé ces faux amis, ces hommes qui se croient quelque chose et même quelqu'un et n'ont même pas su défendre leur face.

A L'HOPITAL

Mon mal est atroce. L'on m'a donné une chambre un peu à l'écart dans l'hôpital.

Je la partage avec une tousseuse.

On s'attendait sans doute à ce que par les hurlements que m'arracherait bientôt la souffrance, je détruirai le sommeil de tous les malades de la grande salle.

Non! Chaque matin j'examine mes forces d'une part, et les progrès de mon mal d'autre part, et je me décide tant à tenir encore aujourd'hui qu'à irrévocablement le lendemain me laisser aller aux hurlements de mon infernale souffrance que je ne puis plus retenir qu'avec une peine extrême dont le trop plein est imminent, imminent, s'il n'est déjà atteint. Cependant, le lendemain je résiste encore à la pression grandissante et déjà bien au-delà de ce que je pensais pouvoir supporter.

Mais pourquoi, pourquoi donc m'a-t-on mis une tousseuse qui me dilacère mes rarissimes moments de paix et effiloche désastreusement le peu de continuité que j'arrive encore à garder en ce terrible harcèlement du mal?

IL ÉCRIT

Il écrit...

Le papier cesse d'être papier, petit à petit devient une longue, longue table sur laquelle vient, dirigée, il le sait, il le sent, il le pressent, la victime encore inconnue, la victime éloignée qui lui est dévolue.

Il écrit...

Son oreille fine, fine, son unique oreille écoute une onde qui s'en vient, fine, fine, et une onde suivante qui s'en va venir d'un lointain d'âge et d'espace pour diriger, amener la victime qui devra se laisser faire.

Sa main s'apprête.

Et lui? Lui, il regarde faire.

Couteau depuis le haut du front jusqu'au fond de lui-même, il veille, prêt à intervenir, prêt à trancher, à décapiter ce qui n'est pas, ne serait pas sien, à trancher dans le wagon que l'Univers débordant pousse vers lui, ce qui ne serait pas « SA » victime...

Il écrit...

LA VIE DOUBLE

J'ai laissé grandir en moi mon ennemi.

Dans les matériaux que je trouvai dans mon esprit, dans mes voyages, mes études et ma vie, j'en vis quantité qui m'étaient inutilisables. Après des années et des années, je vis que quoique je fisse ou approfondisse, il en resterait quantité d'inutilisables. Inutilisables, mais *là*.

J'en fus contrarié, mais pas autrement ému, ignorant qu'il y avait des mesures à prendre. Je laissais en arrière les matériaux non utilisés, innocemment, comme je les trouvais.

Moi, comme font tous les êtres au monde, j'utilisais le reste, pour le mieux.

Or petit à petit, s'édifiant sur ces décombres forcément toujours un peu de la même famille (car j'écartais toujours les choses d'un même type), petit à petit se forma et grossit en moi un être gênant.

Au début, ce n'était peut-être qu'un être quelconque comme la nature en met tellement au monde. Mais ensuite, s'élevant sur l'accumulation grandissante de matériaux hostiles à mon architecture, il en arriva à être presque en tout mon ennemi; et armé par moi et de plus en plus. Je nourrissais en moi un ennemi toujours plus fort, et plus j'éliminais de moi ce qui m'était contraire, plus je lui donnais force et appui et nourriture pour le lendemain.

Ainsi grandit en moi par mon incurie mon ennemi plus fort que moi. Mais que faire? Il sait à présent, me suivant partout, où trouver ce qui l'enrichira tandis que ma peur de m'appauvrir à son profit me fait m'adjoindre des éléments douteux ou mauvais qui ne me font aucun bien et me laissent en suspens aux limites de mon univers, plus exposé encore aux traîtres coups de mon ennemi qui me connaît comme jamais adversaire ne connut le sien. Voici où en sont les choses, les tristes choses d'à présent, récolte toujours bifide d'une vie double pour ne pas m'en être aperçu à temps.

LA MER

Ce que je sais, ce qui est mien, c'est la mer indéfinie.

A vingt et un ans, je m'évadai de la vie des villes, m'engageai, fus marin. Il y avait des travaux à bord. J'étais étonné. J'avais pensé que sur un bateau on regardait la mer, qu'on regardait sans fin la mer.

Les bateaux furent désarmés. C'était le chômage des gens de mer qui commençait.

Tournant le dos, je partis, je ne dis rien, j'avais la mer en moi, la mer éternellement autour de moi.

Quelle mer? Voilà ce que je serais bien empêché de préciser.

TABLE DES MATIÈRES

ŒUVRES D'HENRI MICHAUX
1899-1984

Aux Éditions Gallimard

QUI JE FUS, 1927.

ECUADOR, 1929.

UN BARBARE EN ASIE, 1933.

LA NUIT REMUE, 1935.

VOYAGE EN GRANDE GARABAGNE, 1936.

PLUME *précédé de* LOINTAIN INTÉRIEUR, 1938.

AU PAYS DE LA MAGIE, 1941.

ARBRES DES TROPIQUES, 1942.

L'ESPACE DU DEDANS *(Pages choisies, 1927-1959)*, 1944 (nouvelle édition 1966).

ÉPREUVES, EXORCISMES *(1940-1944)*, 1946.

AILLEURS *(Voyage en Grande Garabagne – Au pays de la Magie – Ici, Poddema)*, 1948.

LA VIE DANS LES PLIS, 1949.

PASSAGES *(1937-1963)*, 1950 (nouvelle édition 1963).

MOUVEMENTS, 1952.

FACE AUX VERROUS, 1954.

CONNAISSANCE PAR LES GOUFFRES, 1961.

LES GRANDES ÉPREUVES DE L'ESPRIT *et les innombrables petites*, 1966.

FAÇONS D'ENDORMI, FAÇONS D'ÉVEILLÉ, 1969.

MISÉRABLE MIRACLE *(La mescaline)*, 1972.

MOMENTS *(Traversées du temps)*, 1973.

FACE À CE QUI SE DÉROBE, 1976.

CHOIX DE POÈMES, 1976.

POTEAUX D'ANGLE, 1981.

CHEMINS CHERCHÉS, CHEMINS PERDUS, TRANSGRESSIONS, 1982.

DÉPLACEMENTS, DÉGAGEMENTS, 1985.

AFFRONTEMENTS, 1986.

Aux Éditions Fata Morgana

IDÉOGRAMMES EN CHINE, 1975.

UNE VOIE POUR L'INSUBORDINATION, 1980.

COMME UN ENSABLEMENT, 1981.

Aux Éditions Flinker

PAIX DANS LES BRISEMENTS, 1959.

VENTS ET POUSSIÈRES, 1962.

Aux Éditions G.L.M.

VERS LA COMPLÉTUDE, 1967.

QUAND TOMBENT LES TOITS, 1973.

Aux Éditions du Mercure de France

L'INFINI TURBULENT, 1957.

Aux Éditions Skira

ÉMERGENCES, RÉSURGENCES, 1972.

Ce volume,
le deux cent vingt-huitième de la collection Poésie,
a été reproduit et achevé d'imprimer
par l'Imprimerie Floch à Mayenne,
le 13 décembre 1988.
Dépôt légal : décembre 1988.
Numéro d'imprimeur : 27422.
ISBN 2-07-032505-9 / Imprimé en France.

45073